CARLOS
NEJAR

Bem-Te-Vi

CARLOS NEJAR

QUARENTA E NOVE CASIDAS E UM AMOR DESABITADO

coleção canto do bem-te-vi

Alguém por quem a entrada será aberta.
DANTE ALIGHIERI, "Canto VIII"
(Tradução de Ítalo E. Mauro)

Veo passar como humo
afirmando, el tempo cojo.
LUIS DE GÓNGORA, *Romances*

O que não explode mais,
é porque se encantou.
LONGINUS, *Livro das vidências*

Viviendo, todo falta;
Muriendo, todo sobra.
LOPE DE VEGA

Para Elza

Sumário

Casida das centelhas

Jamais amei na razão
que é apegada ao desterro.
Amo de amor, aonde vão
os corpos juntos, centelhas.
E a alma é quando as abelhas
todas mergulham no mel
da derradeira estrela.
E do amor as asas cheias
entram com a lua no céu.
E mais então eu mereço
é de saber que, menino,
levo nas costas o sino
de dois corpos n'alma pensos.
O que sei no amor ensino,
caído dentro do beijo.
E se nada mais mereço,
que mereça esta alegria
de estar em teus braços preso
como ave ao som do dia.

Casida de haver as horas

Deixei de contar as horas,
pois elas correm sem mim,
mesmo que tenha sua escala
de o tempo jamais fugir.
O que é do amor me resvala
até crescer no desvio
dos trens que a amanhã separa
e os trilhos do velho rio.
Se há flores que se calam,
todas em ti vão sair
como as que brotam da fala
e as que a sacada vestir.
Deixei de contar as horas
desde o dia em que nasci.
Não morro de haver aurora,
morro de amor por ti.

Casida do amor possível

Eu não meço o amor que tive,
pois de amor nada se sabe.
Mas se a vida é no declive,
só colhemos os despojos.
E no amor tudo é possível:
subir ou descer os ossos.
Mas quem amou o perigo,
vive agreste, sem remorsos.
Aprendeu que o tempo é livre
por jamais temer a morte.
E sei que o que vai comigo,
faz com que nada me importe.
Mais cedo não há transporte
e tarde, Deus é descido.
E o ser mais compassivo
é o que não recebe ordem
e nem é do amor cativo.
De estar com os pés e o riso
deitado no Paraíso.

Casida do amor mais velho

Eu não meço o amor que tive,
mas talvez o amor me queira
contemplar, estando eu vivo,
olhar nos olhos de areia
e o tempo não dar comigo
e eu não tê-lo visto quando
a luz me vestia o manto
e nem me cabia vê-lo,
de tão velho, como um coelho
que se amoitou sob a toca.
Belo o amor que é sem espelho
e nenhum mal o sufoca.
Eu não meço o amor tão caro,
pois de medir, tudo esgota.
Nada mais pode negá-lo,
se tão límpido se mostra.

Casida das coisas de alma

As cinzas do amor só ardem
se na memória se abrasam.
Inda que as coisas em alma
se entendam pela metade.
Mas onde estender as asas
de um sonho que se entreabre?
O que é fogo amor acalma
e o que é centelha se apaga.
E se o sol se move em nada,
a luz é onda parada.
As cinzas do amor só ardem
onde a infância não se acaba.

Casida de amor em febre

A neve é fogo que se molha cedo
e o fogo, neve que mais branca queima.
Amor não sabe quanto passa quedo
e tanto queima, se a saudade é vento.
E tanto chora, quanto se retira.
De pluma a neve quando amor é atento,
ou fogo em água que ao girar destila
na dor suspensa, se o desejo é verde.
E se a bonança de ter alma é sede,
que sede pode transbordar a vinha?
Amor que mais inspira, que adivinha.
Carga de ser por vezes tão etérea,
que o fogo não se atreve se a matéria
voa de amor e a febre é pura neve.
Se não espero, mais amor me serve.
ditoso sou de apenas estar vivo.

Casida do que me falta

De viver o que me falta,
se de morrer tudo é posto.
O que na alma se calça,
o corpo descalça o selo.
Mas não é do corpo, alma,
é do sonho, pesadelo.
Viver não sobra, se gasta.
E de sorver não tem zelo.
Amor não conhece data.
O que dele vem, se farta.
E o que na míngua retenho,
é a parte que me sobra.
Não se vinga no remendo,
o que sem forro se espalha.
Nem pombo na mão é bala,
inda que voe como pombo.
De viver o que me cala,
é quanto de amor me assombro.

Casida de um grilo mudo

O afeto é como um grilo
dentro de sua caixa, mudo.
E a tesoura da ventura
corta o fogo pelas cinzas.
A doutoria da língua
é agulha que não fura
ou talvez seja esta lira
presa na rédea da mula.
O que se esconde, que brilha
e o rico de tão conciso
parece conter no risco
seu limite, sua gula.
Do humano, choro contrito.
Quanto mais for alto o grito.
E até de aceso o confuso.
E de intérmino o finito.
A tesoura da fortuna
corta apenas pelo fundo.

Casida de um cego a outro

Carreguei tantos defuntos.
Carreguei junto aos meus ossos
tanto peso que a virtude
peregrina sem remorsos.
Carreguei o ataúde
de um cego que leva outro,
ou do equilíbrio surdo
de algum cargueiro no porto.
Carreguei num tempo vivo
um outro tempo já morto.
E agora, caros amigos,
aonde estais, ou sois reboco
do que restou desvalido.
Levo na cova meu corpo.

Casida das vozes soltas

Vozes ouvi, vozes tantas
que me conduzem à infância.
E deixei que me seguissem
e dentro da tempestade,
estava na nau de Ulisses
e não tinha mais idade.
Vozes ouvi, vozes tantas
como se de um búzio, soltas
todas elas revoassem,
todas ao ventre do verso.
E amor nem se dá conta:
remam forças do universo.

Casida do amor achado

Não cresci pela estatura,
cresci pelo amor achado.
E o que me deu asas na altura,
foi-me saber que a fortuna
não roda apenas de um lado.
Nem julgo ser labirinto
o que tem caminho alado.
Não é labirinto o mundo,
nós é que somos e o tempo
que afunda reis e soldados,
mendigos, senhores cautos,
cidadãos de alto reparo.
É como se nalgum vaso
todas as flores brotarem.
Mas na fortuna é o acaso
que faz girar o intervalo.
E por ali que o cavalo
preso sonhou no costado.
Não morri pela estatura,
mas, sim, pelo amor achado.

Casida de gozar alma

Goza as horas da alma,
que o corpo não tem relógio.
E as horas são mariposas
caídas sobre a candeia.
Ninguém as recolhe mortas
quando o fogo as incendeia.
Goza as horas da alma,
onde ainda abrasa o tempo.
Porque são curtas as larvas
dos segundos presos dentro.
Goza a alma já sem termo.

Casida de um passarinho

Não me conhece a morte
e nem quero apresentar-me.
E fujo do seu alarme,
dos arroubos e transportes.
Morrerei tal passarinho
que cai súbito do galho.
Como se na noite um raio
tivesse do instante o brilho,
ou um diamante cintile
para o sonho visto adiante.
Pois não sou da morte, filho
e nem parente distante.
E venha. Já não consulto
o que a sina me arrebata.
Se não sou da morte, filho,
apenas o amor me mata.

Casida à mortalha

Há muito que escuto
o ruído dos que esquecem
que o tempo passou por tudo
e por isso amadurece.
Ao sentar junto à semente
e estar inteiro no fruto.
E se em perigos estive,
não me ficou testamento.
O que esquece vai no vento
e não há mortalha ao homem,
capaz de cobrir sua fome,
salvo lhe vestir, defunto.
Como a terra que não come
o traje e os sapatos frouxos.
E o que se perdeu no soldo
é o que só o amor define.

Casida de não dizer

E é coisa tão pesada
que não se veja outra
se não é o dizer tudo,
ou não saber dizer nada.
E não há maior agravo
quanto voa e quanto cava,
porque de amor sou levado.
E nada descalça a vida,
se o pranto nos desavisa.
E não posso dizer tudo
e não sei dizer mais nada:
onde o mundo me confunde.
A alma derrama alma
e é nula cada palavra.

Casida da língua

A língua às vezes fala
o que não procede da alma,
porque não sabe onde bate
sua sineira e onde mata.
Mas não é sozinha a língua,
é na voz que ela desfralda.
E se não move o destino,
move a oculta e sutil faca.
E se não engole ofensas,
engole o pó e a ressaca.
Não há leveza na língua,
a leveza é de quem fala,
ou de quem sabe que ainda
toda morte vem da alma.

Casida da terra e céu

Não sei por que tanto me prendo à terra.
Não sei por que o céu é tão distante.
Quero voar e fico preso ao instante,
com os pés atados todo o chão me enterra.
Por que tanta ambição no corpo espera
e acima das estrelas, sonho longe.
E homem sou e às vezes tarda fera.
Mastigo o sonho, ergo-me do espaço,
a luz me pega firme pelos braços.
E me derruba e ardo dentre os astros.
E vou sendo levado para baixo,
até que em pó me deite neste incêndio.
Nem o silêncio vai dizer se embarco.

Casida ao homem das pedras

Vida dura carregas.
Seca, inútil. Não rejeitas
levar pedras e madeiras.
E ao sentares na ribeira
com olhos de duas almas
ficas velho e nada muda,
salvo a pedra que se gruda
sobre os teus ombros, pele.
Mas outra alma só contempla
o devorar da penúria.
Desprezas filosofias
que a nada te servem,
reles. Apenas o sangue vibra
no acostar com a companheira
e as pedras já pesam menos
e não te aturdem as queixas.
Homem duro, homem pedra,
nada te doma ou te verga.
E nada sequer te empurra.
Tua fortuna é de pedra.

Casida de cisne e neve

Já fui cansado com a sina,
cansado ao ser preterido.
Cego ao tempo, tenho vista
de não me saber cativo.
Com esporas prevenidas
monto o cavalo de crista
elevada e me obedece.
Lavo a ventura com ondas
de tal memória, que a lua
fulgura de espuma e adeja.
Do que tenho nada sobra
e ao redor é tudo falta.
Não me enveredo em batalha
e nem o corpo me falha
de tanto que pousa alma.
Agora com muita vida,
em margem com flor na neve,
a morte calou, nem deve
no rio nadar como cisne.

Casida dos pássaros

Quem canta como não cantam
aves? Sob a lua o dia negro
e as folhas novas são plumas
da lua. Se cantam os pássaros.
Ou pedra que em poço canta.
E cantam os céus em árvore.
E pássaros cantam no vale
outros pássaros. E nada
se sustenta, salvo esta ave
junto à noite, sobre os ramos
cantando. Com vento, o vento.
E tal pedra noutra, tudo
então se sustenta. E o canto,
o canto parando o mundo.

Casida da aparência

Não vai pela vida acrescentado
o que no distrair a vida sorve.
E não se esvai nenhum dos meus sentidos
ao ser já velho o que parece jovem.
E em puro amor jamais se vê calado.
E o que é imortal não passa de aparência
de outra maior que funda nos convence
e flutua morosa e a ousada ciência
em mar onde o desejo não pereça.
E sobre nós na margem a inocência.
E amor de tal viver a tudo vença.

Casida de nascer

Eu sou de onde jamais vim.
Nasci em lugares sem
tardar a alma, que escutava.
Nascida não, se morri,
mas já não me importa. E ali
céu da infância me cobriu,
desatando-se em chapéu,
as asas. Com os viventes
se encostando na mesma alma.
Doendo então, desnasci
de tal amor que brotava.

Casida de vasta fome

Com o chorar das pedras me enterneço.
E este viver calando por mim fala.
E dentro desta coisa sem ter nome,
o que somos. Amor é apenas fome
e uma fome tão vasta nos escava.
E manso o vento pelo prado come
cogumelos e flores. Sem tardança.
E as ervas verdes crescem de alegria.
E amor não se desvela, mas procria
em luz e no socorro. Choram pedras,
choram pupilas, choram bois, as levas.
Ao chorar pedra junto às águas desço.
Choram as trevas. Nada mais conheço.

Casida de passagem

Nada é definitivo. Tudo para
na surdez das funduras pelo *him*
de um burro em burro e burro que dispara
no revoar. E é passagem a língua,
ou passagem o aviso, mesmo à míngua,
é passagem a glória penitente
e a sisudez que toda se atravessa
de fogo a fogo. Desatenta, rente
com a aragem. Nada é definitivo,
tudo tenta sair da morte, lava
de muda solidão. Que amor desaba.
Mas é definitivo o que está vivo.

Casida de bem ouvir

O que cantar, se aos pássaros
o ar se moveu com plumas
e do céu cachos de uvas
vêm à boca? Cantar
é dos que mais suportam.
E o ouvir é pelos ossos.
E alma é tudo o que posso
até a manhã sonhar
nos cavalos descidos
com os galopes sentidos,
por onde relincha o mar.

Casida de habitar vento

Quando a amada se faz vento,
já não se chama por nome,
por atravessar-lhe a alma.
Nem se pergunta se sonha
que o sonho no vento mora.
Quando a amada se faz vento,
é vento o andar da amada
e seu vulto, seu sorriso,
a fala desavisada
é jardim sem paraíso.
Quando a amada se faz vento,
a luz jamais perde a cor,
o vento sopra sem nada,
a morte segue parada.
O amor é maior que o vento.
Amor não conhece amor.

Casida de escutar alma

Não há escureza quando a alma
branca é de ouvir madrugada.
De escureza viver vige
se com olhar das coisas muda.
E o tempo não vê varizes.
Nem escureza quando a alma
olhou demais, a velhice
não desgasta a infância dentro.
E mesmo este amor não basta,
nem talvez fuligem rende
sob a ebulição da noite.
Mas amor não se defende
de amar, amar mais ainda.

Casida de eternidade

O que sou no menino
tem as mesmas feições,
salvo as rugas, a pele
em desamparo, trêmulos
pés. Pode enaltecer
a morte? Alma cresceu
tal uma pedra ante o mar.
Cresceu também a infância
com mar dentro da pedra.
Salvando a eternidade
numa flor. Ou cresceu
sem ter nenhuma idade.

Casida de haver grandeza

No mais, ao menos persigo.
No menos, o mais é pouco.
Não me assento no perigo,
nem me alteio junto a loucos.
Estou preso na grandeza
e ela não nega fogo.
Não morro do que me morre,
nem me abandono a seu sorvo.
O que no existir, espanto
é com a voz que me socorre,
tão curta igual ao manto
do desejo onde me ponho.
Os ditosos são discretos
e a água passa no sonho
como em seu curso secreto.
E esta carga de beleza
é a de um pássaro no galho.
E o que de viver me preza
é quando de amor me calo,
até que mais fundo esteja.

Casida de mais desejo

O que já dizer não posso,
por eu ter calado tanto.
Os relâmpagos são barcos
dentro de soturno poço.
Amar é conter nos braços
o que de olhar não suporto.
Como as aves junto ao porto
no tombadilho do espaço.
O que já dizer não posso
é verde língua o silêncio,
verde voz preso no esboço,
verde pavio sem incêndio.
Amor tem olhos no forro
e os ouvidos na aparência,
sentidos todos em passo
de nuvens. Com a certeza
de amor ter dito o que pode
mas nunca quanto deseja
sob os capuzes da morte.

Casida de ninguém

Nada de meu tenho ou levo.
Nada que seja de saldo.
O que guardei, sai no caldo
das ambições. Ou então perco
de caminhar. No miolo
de cada bem, vem o cerco.
E encontro no possuído
somente o que me possui.
E sou ninguém no sentido,
ninguém no vento, ninguém
dentro da erva e resíduos.
Nada é o acervo que fui.
E o que é meu, já não conheço.
Nem os ossos, nem o cesto
de existir. E amor me vence.

Casida do amor sem ruído

Goza o amor sem ruído.
Goza a palavra na fonte.
Goza a fonte dos sentidos
e o sol na luz com seu monte.
E monte no monte, o amor
de funduras. Mas o que
vai segurar a semente
na terra, sua noite pura?
Goza de amor tão somente.
E quem se alçou na semente
com a fundura? Então goza,
goza este amor sem ruído.

Casida do branco desejo

O que o desejo vê, o amor não sabe.
E ao ser cego o desejo, como vê?
Mas a alma no corpo já não cabe,
inda que pelo corpo a luz arder.
Mas amor reconhece sua metade
e só inteiro pode nos valer.

Casida do sono vazando

Ó que vontade se deita,
antes de enxergar o sol.
Tal se o sono de repente
como um líquido vazasse.
E em alma, pesca ou colheita
fosse na semente, anzol.
E um rio com a água se assenta,
bem por detrás de sua foz.
E com o menino fala
já sem carecer de voz
e foi-se esquecendo o fluxo
de estar sonhando em lençol.
E se a luz é ferramenta
com chama a noite forceja.
Ó quanto pode quem ama?

Casida sobre as coisas

As coisas são o que são
e não mudam, ao tocá-las.
E a fantasia tem salas
mas o que guarda razão
não a retira da alma.
Tudo nas coisas é o grão
e nada delas exala,
salvo os contornos da fala.
As coisas são o que são,
se pudermos vislumbrá-las.
E é por dentro, em combustão
que se queimam sem escala.
E ao se verem, nos separam.
Mas nunca se saciarão.

Casida de não ter medo

Morte, não sabes de mim.
Mas um dia saberás.
Sem medo algum, se trabalhas,
não te percebo escavando.
Nem o tutano alcanças
destes ossos, mesmo quando
não suportas o fulgor
que vai no canto. Ou a glória
podes tanger. Nem toleras
o que sou. Mas é ridícula
tua farsa e não me resigno.
Nada me vence em palavra.
Morte, ignoras o segredo
que nos séculos me guarda.

Vegetal casida

Só é pássaro o que é árvore.
Só é árvore o que canta.
Um sol saiu da garganta
e outro na voz que avança.
Só é pássaro o que é árvore
e nunca soube voar,
nem careceu. Vem da flor
de dentro, dentro, ou por fora
rebenta. Por ser o pássaro
junto, na garganta preso.
Ou é a árvore que, na voz,
ao se replantar, acendo.
Amor, que será de nós?

Casida do terror

Nos espiam pelas telhas,
na fechadura da alma.
Nos espiam, tal se fôssemos
mais estrangeiros e intrusos.
Mas o fato é que perderam
a inocência do sono.
E se penetram nos fios
é como se em nossa pele
agulhas fossem, não fusos
das Parcas. Não deixam marcas.
Espiam nosso cansaço,
até lágrima. Não entendo,
nem posso, se nos ouvidos
humanos por esta escuta,
que a tantos olhos infesta
nosso pesado semblante.
E o terror da Inquisição
mostra-se igual e sem culpa.
Quem são nossos semelhantes?

Casida dos sinos

Toquem sinos, a anarquia
do silêncio não perdura.
Toquem: sacada de vozes.
E os sinos, velhos carvalhos
se dobrando ao jugo e ao lúgubre
vento. Toquemos, toquemos
sinos. Nobreza humana
e se ergue. Como um cavalo
da colina. Nos sentidos
e signos correm cordatos
com o destino. Mas toquem,
toquem almas. Com espera
de um corpo, sinos de orvalho
sobre o leito. Toquem, toquem.
Não é um fantasma
o desespero. Toquem.

Casida dos aromas

O alfabeto da noite
vai decifrando as estrelas.
E o pé descalço da chuva
resvala, ao surpreendê-las.
O renque de olmos bufa.
Não há coisas, ou ideias
que, inventar como chamas
verdes, que não maduram.
Tudo vai no amor intenso.
E não viverei sem que
o teu coração descubra
o aroma de estarmos juntos.
E alma nunca se descasca,
se o corpo tão voluptuoso
não se descobrir no tronco.
Guarda a ignorância sabores
dispersos. E só se morre
no acaso de amor, o excesso.

Casida de um longevo raio

Na figueira de teu raio
adormeces sem me ver.
Mas raio tende a cegar-me,
não a ti, que dentro estás,
como se dentro do ar.
E não te desejo imóvel.
No sono tudo se faz,
até o monte virar pomos
de nuvens e o céu girar.
E se teu dormir é pedra,
pode ser rosal de mar.
Não sonhas com coisas plenas,
pleno é o que quero dar.
A figueira de teu raio
é que adormece, se acordas
fora de seu intervalo.
E amor não há de acabar.

Casida entre flores

Não sei se irei, se virás.
Amar, foz espessa. Fogo
de água em memória. E tudo
o que não cair é alma. Tudo
o que, entre flores, gorjeia
atrás das aves e a lua.
Irei contigo, uniremos
na brisa antiga, cristais
de ar, se não descem sonhos
no balde, junto ao poço. Somos
um só na fala e no grito,
onde não se nega o nome.
E o que se perde é da luz.

Casida com sonho em cima

O que de amor delira
já não conhece trégua.
E o delirar não tira
o desespero todo.
Na dobra da loucura
não há cantina nobre.
E o que a razão destila
sabe a plantel das uvas.
Mas, amor, que fatia
de sobra vem aos vivos,
se ao espiar, de ervas, uvas,
os mortos nos surpreendem?
Dos versos ninguém tira
o que em vagar é dado.
Porque o poema tem árduos
cilindros com cor do dia.
E o que de amor delira,
amadurece em úmidas
camadas de terra em cima.

Casida de altura

Homem mortal, bem sei que te geraram
nas pedras e penhascos. Não em ventre.
E amor, se não consola, que se invente.
Mas carregas contigo o que te salva,
inda que atribulado, posto, em rente
desassossego. O espírito em matéria
se acasala. Tal no corpo, a amplidão
da alma. E se a luz no vidro dos sentidos
filtra mais luz, o que te desapega
é teres estes olhos distraídos.
E os ouvidos de relva, como a verga
dos velhos, rotos barcos. Mortal, nunca
tão grande no extravio, supões a infância.
E o que ora te transcende, te depura.
Pondo no cimo o som da clara altura.

Casida do vento

Tudo o que é humano sopra
na argila e lenta se dissipa.
Entanto, é de vento a própria viga
que firma nossos pés e corta
tanta ambição. E o coração é vento,
lateja na árvore do corpo,
ou ramos, pássaro onde tento
debalde imitá-lo no voo.
De vento a alma e o desejo de ouro.
E tal se um cavalo em nós montasse,
fosse trotando igual à face
da folha que tomba e é penúria.
E a eternidade nos conjura:
vento de chamas que devora.

Casida do negro sono

O que sabe o amor não sabe
e se soubesse talvez
não fosse amor, tal a nave
em águas navega. Vês
quanto nos falta na sobra
e quanto da sobra falta,
para que o sonho nos morda
em rubra perna do nada.
Porque de sono se ama,
mesmo a morte com seu trono
pelo sono se derrama.
E o que pela sobra clama,
é pela falta que somo.
O que sabe o amor não sabe
ao ser todo, um negro sono.

Casida terrestre

Eu, nas lágrimas não leio,
quando o engano me incomoda.
Ponho ao cavalo arreio
e no medo puxo a corda.
Não há letras sobre o pranto
e nem desvendo a manobra
das vogais azuis. Ou quanto
molham sílabas nas horas.
Mas de chorar não vêm versos,
como na neve o regato
jamais reflete o universo,
por estar no gelo cego.
E se cavalgo, é poema,
porque pela luz se despe.
Não é a lágrima que o queima,
mas seu fulgor terrestre.

Casida de Deus chegando

Deus é preciso. Não se atrasa.
Tem o juízo sob a alça
das estrelas. E nos basta.
E bastar é como faca
na bainha, mesmo quando
o exato fio nos mata.
Deus é canto. Se dispara
vai no cano o infinito,
vespa-bala. Ou se agonia
sobre o nada e o próprio grito.
Não se atrasa no equilíbrio,
inda que seja demora,
por agirmos pelo instinto,
ou andarmos com a sola
de sapatos, já extintos.
Se ataca, põe sua mira
no que é vivo. Quando
os mortos vão baixando.
E nós, devagar, subindo.

Epístola, ou casida aos irmãos humanos

O que fazer, irmãos humanos,
se não ver o que sucede no mistério.
Ou comer terra, comer ervas
com os mortos, até que o amor
venha? Porque os bichos são homens
e os homens, bichos e o ribeiro,
um homem que compadecido
se dispersa. E somos perseguidos
pelo sangue e nem metros de leis
podem reger-nos. O que fazer,
humanos, se matam o honesto,
prendem o inocente e não avança
água alguma de justiça? Até o lobo
soluça e não rima nas patas.
Por desocupado patriotismo.
E pouco é concedido ao fato
de vivermos ou morrermos.
Pouco, pouco, nada. Mas irmãos
humanos, o que somos ?

Do desabitado amor

O que desabita o amor,
não é o amor.
O que desabita a alma,
não é o corpo.
O que desabita a morte,
não é o morto.
O que desabita o espírito,
não é o que está solto.
O que desabita o sonho,
não tem sono em seu horto.
O que desabita a vida,
é não estarem dois juntos.
Ou não ser o próprio fundo,
que à tona vem no soluço.
O que desabita o mundo
não é o mundo, é o vosso vulto.
E não tem nada no oculto,
nem a sombra, o pó, os juncos.
Ou a epígrafe no túmulo.
O que desabita o homem,
é o tempo que o enterra em eito.
O que desabita o tempo,
já não tem sangue, só fome.
O que desabita a treva
é a semente que espreita
atrás da moita de terra.
Quem desabita a semente,
é a explosão fora do ventre.
E o que desabita o ventre,
é o que desabita a fome.
E Deus nos ama e consome.

O que desabita Deus,
não tem palavra, nem nome.
É como onda sem mar,
pedra que ao abismo some.
Desabita a potestade,
só a eternidade do homem.

NOTA DO EDITOR

A casida, ou qasida, é uma antiga forma poética típica da literatura árabe, geralmente traduzida como "ode" que, com a expansão muçulmana na Idade Média, se espalhou para outras culturas, como a persa, a turca e a ibérica. A casida clássica mantém uma métrica única ao longo do poema, que varia de quinze a cinquenta versos, podendo mesmo ultrapassar a marca de cem, todos com a mesma rima sonora.

Ao longo do século XX, diversos autores de língua espanhola empregaram a casida de maneira mais livre, sem se ater às regras tradicionais, tendo como únicos vínculos com o gênero original um sentimento de nostalgia e perda, e a temática amorosa. O primeiro e mais conhecido a fazê-lo foi o espanhol Federico García Lorca (1898-1936), que incluiu um bom número delas nos livros *Poeta em Nova York* e *Divã do Tamarit*, ambos publicados postumamente em 1940. O poeta argentino Ricardo Molinari (1898-1996), por sua vez, dedica sua "Casida de la bailarina" a García Lorca.

SOBRE O AUTOR

Luiz Carlos Verzoni Nejar, nome literário, Carlos Nejar, é gaúcho, radicado na "Morada do Vento", Praia do Canto, Vitória, Espírito Santo, Procurador de Justiça do Rio Grande aposentado. Pertence à Academia Brasileira de Letras, à Academia Brasileira de Filosofia, ao Pen Clube do Brasil e à Academia de Cultura em Língua Portuguesa, de Lisboa. Recebeu a mais alta condecoração de seu estado natal, "A Comenda Ponche Verde" e de Minas Gerais, "A grande Medalha da Inconfidência", em 2010. E chega aos 77 anos, graças a seu espírito renascentista, com fama de poeta reconhecido, construindo uma obra importante em vários gêneros—tanto no romance (com o Prêmio Machado de Assis da Biblioteca Nacional no ano de 2000, com *Riopampa*, ou da Associação Paulista de Críticos de Arte, com *O poço dos milagres*), quanto no teatro, no conto, na criação infanto-juvenil—tendo publicado, em 2011, a sua *História da literatura brasileira* (Ed. Leya, S. Paulo), que em três meses chegou à sua 3ª edição, alargando o exame aos autores contemporâneos, onde assinala a marca do ensaísta. E à 3ª edição de seus *Viventes*, em igual período, pela mesma editora.

É considerado um dos 37 escritores chaves do século, entre 300 autores memoráveis, no período compreendido de 1890-1990, segundo estudo, em livro, do crítico suíço Gustav Siebenmann. Publicou sua poesia: I. *A idade da noite*; II. *A idade da aurora*, pela Ateliê Editorial/ INL, 2001. Mais tarde, ampliou a publicação do conjunto da obra poética, com I. *A Idade do mundo*; II. *A idade da eternidade*, em 2009, na Novo Século. Editou ainda, fora do comércio, *Odysseus, o velho*, 2010. Traduzido em várias línguas, é estudado nas universidades do Brasil e do Exterior.

editora responsável
VIVI NABUCO
editoria executiva
SEBASTIÃO LACERDA
assessor especial
FERNANDO PEDREIRA
assessoria jurídica
MANOEL NABUCO
design gráfico
RAUL LOUREIRO
revisão
ELISABETH LISSOVSKY
coordenadora de projetos
LIANA PÉROLA SCHIPPER
produção gráfica
MARCELLO BRAGA MACHADO
apoio à produção
PÊTTY AZEREDO
EVANDRO JOSÉ SALVINO

CIP-Brasil. Catalogação-na-fonte
Sindicato Nacional dos Editores de Livros, RJ
N339q

Nejar, Carlos, 1939 / Quarenta e nove casidas e um amor desabitado / Carlos Nejar ; [organização Sebastião Lacerda]. — 1. ed. — Rio de Janeiro : Bem-Te-Vi, 2016. 84 p. : il. ; 21 cm. (Canto do Bem-Te-Vi ; 4)

Inclui índice

ISBN 978-85-88747-57-9

1. Poesia brasileira. I. Lacerda, Sebastião. II. Título.
III. Série.
16-37662 CDD: 869.1

CDU: 821.134.3(81)-1

08/11/2016 10/11/2016

Esta edição respeita o Acordo Ortográfico da Língua Portuguesa em vigor desde 2009.

Foi feito o Depósito Legal junto à Fundação Biblioteca Nacional.

Este livro foi composto em Grotesque na Gráfica Editora Stamppa para a Bem-Te-Vi Produções Literárias, na primavera de 2016.

BEM-TE-VI
PRODUÇÕES LITERÁRIAS
ESTRADA DA GÁVEA 712/502
SÃO CONRADO
RIO DE JANEIRO — RJ
CEP 22610-002
EMAIL: BEM-TE-VI@BEM-TE-VI.NET
WWW.EDITORABEMTEVI.COM.BR